AF197803

# Der Zufall
Eine Frau im „Hintergrund"


Ein Kriminalroman aus der Serie „Der Fuchs"

Oberinspektor Ferdinand Köstel, in seiner Behörde auch hochachtungsvoll „Der Fuchs" genannt, ist der Leiter der Sonderkommission des LKA. Besondere, außergewöhnlich schwierige Fälle werden ihm und seiner Crew zur Aufklärung übertragen.

Dank seiner großen Erfahrung und seiner riesigen Menschenkenntnis gelingt es ihm auch, diesen schwierigen Fall zu lösen.

Bei der Lektüre wünsche ich Ihnen nun spannende Unterhaltung.

# Der Zufall

Eine Frau im „Hintergrund"

Ein Kriminalroman
von
Siegfried Laggies

Autor: Siegfried Laggies
Umschlaggestaltung: Siegfried Laggies
Lektorat, Korrektorat: Siegfried Laggies
Bild: Quelle Pixbay

Verlag: tredition GmbH, Hamburg
e-Book     ISBN: 978-3-7345-9213-3
Paperback ISBN: 978-3-7345-9135-8
Hardcover ISBN: 978-3-7345-9136-5
Printed in Germany

Kapitel -1-

Nach zweistündiger Beratung betraten die Richter den Gerichtssaal. Die anwesenden Zuhörer erhoben sich von ihren Plätzen: „Bitte nehmen Sie Platz", sagte der vorsitzende Richter, „mit der Urteilsverkündung wird die Verhandlung fortgesetzt."

„Es ergeht folgendes Urteil: Der Angeklagte wird zu acht Jahren Haft verurteilt.

Begründung: Dem Angeklagten wird zur Last gelegt, am Überfall auf den Geldtransporter der Firma Groß & Geldmann vor dem Supermarkt „Iffri" in Deichgruben, am 18. März 2010 beteiligt gewesen zu sein. Dabei wurde die Besatzung des Geldtransporters getötet. Zeugen haben gesehen, wie einer der Komplizen mit dem Geldkoffer in Richtung des Angeklagten gelaufen ist. Um nicht aufzufallen und die Beute in ein sicheres Versteck zu bringen und dabei nicht von der Polizei verfolgt zu werden, ist der Angeklagte ca. eine Minute später abgefahren. Weitere Zeugen haben gesehen, wie ihm ein Komplize etwas zugerufen hat. Aufgrund dieser Zeugenaussagen sah das Gericht zweifelsfrei die Mittäterschaft als erwiesen an. Ein Mord konnte dem Angeklagten nicht nachgewiesen werden. Das Gericht hält das Strafmaß, in Anbetracht der Härte und der Brutalität, die hier an den Tag gelegt wurde, für angemessen. Die Kosten des Verfahrens gehen zulasten des Angeklagten."

Nach der Urteilsverkündung und der Begründung sagte der Richter zum Angeklagten:

„Angeklagter, Sie haben das letzte Wort."

Alex Tochowski stand auf:

„Herr Richter, ich sage noch einmal, ich habe nichts mit dem Überfall zu tun."

Der Richter: „Damit ist die Sitzung ist geschlossen."

Nach der Bekanntgabe des Urteils konnte man im Gerichtssaal unter den Zuschauern ein Raunen vernehmen. Bis zum Ende des Prozesses hatte der Strafverteidiger noch versucht, das Gericht davon zu überzeugen, dass der Angeklagte mit dem Überfall und den Morden der beiden Fahrer des Geldtransporters, nichts zu tun habe. Unglückliche Umstände hätten die Situation so negativ erscheinen lassen. Sein Strafverteidiger kündigte an, gegen das Urteil in Revision zu gehen. Oberinspektor Köstel und sein Mitarbeiter Kommissar Fiete Olsen saßen als Zuhörer im Gerichtssaal und verfolgten aufmerksam den ganzen Prozess.

„Na, was sagst du da zu?", fragte Köstel. Fiete Olsen überlegte, konnte aber seinem Chef zunächst keine Antwort geben. Dann Köstel: „Ich sage dir, hier kam nur die halbe Wahrheit ans Licht. Ich würde mich nicht wundern, wenn noch einmal recherchiert werden müsste." Tochowski wurde abgeführt und die Zuhörer verließen den Gerichtssaal. Köstel und Olsen, beide standen sie auf dem Flur, als der Strafverteidiger an ihnen vorbeigehen wollte. Dieser erkannte die Beiden und blieb stehen, schaute Köstel an und sagte dann:

„Den Schmarren glauben Sie doch auch nicht, oder? ich bin überzeugt, diesen Fall müssen Sie noch einmal in Ihre Hände nehmen." Köstel war dafür bekannt, lückenlos zu recherchieren. Seine Aussagen hatten auch bei den Staatsanwälten Gewicht. Auch unter den dort anwesenden Journalisten gab es unterschiedliche Meinungen. Die Einen stellten Fragen nach dem Wieso und warum. Während eine andere Zeitung in großen Lettern verkündete: „Tochowski sei wie erwartet, zu acht Jahren Haft verurteilt worden."

Gegenüber seiner Familie wurde auch keine Rücksicht genommen. Journalisten und Fotografen belagerten das Haus. Die einzelnen Familienmitglieder trauten sich auch nicht mehr aus dem Hause zu gehen. Auch seiner Familie hat er stets bekundet, dass er mit dem Überfall nichts zu tun habe; wovon die Familie überzeugt war. Tochowski war verheiratet und hatte zwei Kinder, einen Jungen, zwölf Jahre alt und ein Mädchen, zehn Jahre alt. Am Tage des Überfalls hatte Alex Tochowski nach dem Einkauf im Supermarkt noch einige andere Erledigungen zu verrichten. Er fuhr also nicht gleich nach Hause. Zwischen dem Überfall und seiner Rückkehr nach Hause lagen zwei Stunden. Diese wurden ihm nun zum Verhängnis. Man glaubte, er habe in dieser Zeit das Geld, es waren immerhin 675000,00 Euro, versteckt.

## Kapitel -2-

Nun kam für Alex Tochowski die schwerste Zeit. Es waren in der Zwischenzeit drei Wochen vergangen. Sein Strafverteidiger, Dr. Körner setzte alle Hebel in Bewegung, er wollte so schnell es geht, in die Revision gehen, beantragt hatte er sie schon. Diese Aktivitäten passten dem Staatsanwalt Dr. Simmer gar nicht. Er hätte es am liebsten gesehen, wenn dieser Fall zu den Akten gelegt worden wäre.

In der JVA hatte Tochowski einen sehr raubeinigen Mitbewohner. Als dieser ihn fragte, weshalb er denn in diesem Appartement nun auch wohne, musste Tochowski lachen, obwohl ihm nicht danach gewesen war. Dann erzählte er, weshalb er verurteilt worden sei, sich aber keiner Schuld bewusst ist. Der Staatsanwalt habe sich auf nichts eingelassen. „War das auch der Simmer?", fragte sein Mithäftling. Was Alex mit Ja beantwortete. „Gegen den ist es schwer, Punkte zu sammeln."

## Kapitel -3-

Oberinspektor Köstel war gerade dabei, einen Abschlussbericht zu schreiben. Fiete Olsen, der von einer Recherche zurückkam, wurde auf dem Flur im Präsidium von Dr. Körner angesprochen:

„Herr Kommissar Olsen, so wie sich die Dinge entwickeln, können wir in Kürze erneut mit den Ermittlungen beginnen. Ich würde mich riesig freuen, wenn die Wiederaufnahme des Verfahrens in die Hände von Oberinspektor Köstel gelegt würde."

Fiete Olsen betrat das Büro und berichtete seinem Chef, was ihm Dr. Körner gesagt hatte. „Ja", sagte Köstel danach, „dass zu bestimmen liegt nicht in unserer Kompetenz."

Dr. Körner, der sich von der Arroganz des Staatsanwalts Dr. Simmer nicht überrollen lassen wollte, bemühte sich einen Termin beim Oberstaatsanwalt Dr. König zu bekommen. In diesem Gespräch hat nun Dr. Körner den Oberstaatsanwalt davon überzeugt, dass man die neuen Recherchen doch einer anderen Abteilung der Mordkommission übergeben sollte. Wenn er einen Wunsch, im Sinne seines Mandanten äußern dürfte, würde er sich sehr darüber freuen, wenn Oberinspektor Köstel damit beauftragt würde. „Ich hätte nichts dagegen einzuwenden, wenn Köstel frei ist. Das heißt, er dürfte nicht durch einen anderen Fall gebunden sein."

Voller Freude ging nun Dr. Körner zu Köstel und teilte dem mit, was der Oberstaatsanwalt gesagt hatte. Oberinspektor Köstel, in seinem

Hause trug er nicht umsonst den Beinamen der Fuchs, beugte vor und ließ sich gleich die Akte vom Überfall auf den Geldtransporter kommen. Er nahm sie am Abend mit nach Hause. Gut informiert, so dachte er, ist der halbe Weg zum Erfolg. Seinen Mitstreitern zugewandt: „Kommt Leute, für heute machen wir Schluss."

Zu Hause angekommen setzte er sich in seinen Sessel und begann die Akte zu studieren. So vor sich hinsprechend: „Gut, dass ich den ganzen Prozess verfolgt habe, man weiß nie, wozu etwas gut ist."
Köstel war sich darüber im Klaren, das den Aussagen der Zeugen, vor allem denen mit Widersprüchen, einer besonderen Aufmerksamkeit zu schenken ist. Als erfahrener Kriminalist hatte er sich auch während der Verhandlungen einige Notizen gemacht. Er besaß also gute Ansätze, um der ganzen Geschichte ein neues Gesicht zu geben.

## Kapitel -4-

Eigentlich wollte Oberinspektor Köstel am heutigen Morgen eine Stunde später seinen Dienst antreten. Er hatte sich bis tief in die Nacht hinein mit der Akte beschäftigt. Seine Kenntnisse aus dem Prozess und die ihm vorliegenden Prozessunterlagen bestärkten ihn in seiner nach dem Prozess getroffenen Aussage: „Ja, hier ist nur die halbe Wahrheit ans Licht gekommen."

Er schaute auf die Uhr und stellte fest, dass es bereits sieben Uhr dreißig war. „Jetzt wird es doch Zeit für mich", dachte er. Da läutete auch schon das Telefon. Köstel nahm den Hörer ab und meldete sich. Am anderen Ende war seine Mitarbeiterin Kommissarin Antje Stein:
„Chef, wir haben eine Leiche. Gefunden hat sie ein Jogger, im kleinen Park entlang der Schlossstraße, direkt an der Joggingstrecke."
„Antje danke, ich komme", antwortete Köstel.

Er packte seine sieben Sachen zusammen, steckte sie in seine Aktentasche und begab sich zu seinem Wagen. Als er sich dem Park näherte, sah er schon von Weitem die vielen Blaulichter der Polizei. Köstel stieg aus und begab sich zu der Fundstelle. Die Spurensicherung und der Pathologe Dr. Wester waren bereits vor Ort. Die Kommissare Stein und Olsen empfingen ihren Chef:

„Hallo Chef", sagte Fiete Olsen, „es ist ein Mann, ca. fünfunddreißig Jahre, aber ohne Identität," der Fuchs bedankte sich und ging anschließend zu Dr Wester. Bevor dieser auch nur ein Wort sagen konnte, sagte Köstel: „Sieh mal an, Krische, ein alter Bekannter. Doktor, was meinen Sie, wann ist der Tod eingetreten und wie wurde er getötet?"

„Ich schätze vor drei bis fünf Stunden, länger auf keinen Fall. Und so wie es aussieht, wurde er vergiftet. Sie wissen ja, Näheres nach der Obduktion." Nun ging Köstel zu den Leuten von der Spurensicherung. Hier fragte er, ob man irgendetwas gefunden hätte? Es wurde ihm nur gesagt, dass der Fundort auf keinen Fall der Tatort ist.

Zum Schluss befragte Köstel noch den Jogger, der aber noch unter einem Schock stand.

„Hier haben Sie meine Karte", sagte Köstel, „und kommen Sie doch bitte heute so gegen sechzehn Uhr ins Präsidium, wir nehmen dann ein

Protokoll auf. Trotzdem, eine Frage muss ich Ihnen noch stellen. Als Sie die Leiche entdeckt haben, ist Ihnen da etwas aufgefallen, oder haben Sie jemanden gesehen?"

„Nein, ich war hier der Einzige, in der Aufregung ist mir auch nichts aufgefallen."
„Wenn Ihnen bevor Sie zu uns kommen, noch etwas einfallen sollte, rufen Sie uns an, danke."


## Kapitel -5-

Köstel betrat mit seinen Leuten das Büro der Mordkommission. Sie hatten nicht einmal ihre Mäntel bzw. ihre Anoraks ausgezogen, da stand auch schon Kriminalrat Dr. Schlauer in der Tür.
„Herr Köstel, was habe ich da gehört, Sie wollen im Fall Tochowski neu recherchieren?"
Im ersten Augenblick war Köstel ein wenig verwirrt.
„Woher weiß er denn das schon wieder", fragte er sich?
„Staatsanwalt Dr. Simmer hat mich informiert. Er möchte, dass dieser Fall so schnell wie möglich zu den Akten gelegt werde. Wir hätten doch

wohl genug Arbeit. Und jetzt haben Sie auch noch den neuen Fall. Können Sie dazu schon etwas sagen?", wollte er abschließend wissen.

Köstel: „Im Augenblick treten wir noch auf der Stelle. Ich hoffe aber, bald etwas aus der Pathologie oder von der Spurensicherung zu hören. Wir werden zunächst hier im Hause unsere Hausaufgaben machen und dann schauen wir weiter."

Dr. Schlauer: „Na, dann haben Sie ja jetzt genug zu tun", und entfernte er sich.

Antje Stein bekam den Auftrag, die Vermisstenliste zu durchforsten. Es könnte ja sein, dass sie dort etwas findet.

Obwohl noch gar nicht beauftragt, beschäftigte sich das Team mit den Aussagen verschiedener Zeugen aus diesem Prozess. „Chef", sagte Fiete Olsen, „hier sind wirklich einige Darstellungen nicht nachvollziehbar."

Köstel: „Zur gegebenen Zeit werden wir mit diesen Zeugen noch einmal sprechen und unsere Fragen stellen. Ich glaube, da wird einiges wie ein Kartenhaus zusammenfallen."

In der Zwischenzeit meldete sich Kommissarin Stein zurück und erklärte, dass sie nichts gefunden habe, was weiterhelfen könnte.

Es meldete sich der Pförtner: „Herr Köstel, ich habe hier einen Herrn, der mir sagt, er habe um, eine Aussage zu machen, bei Ihnen einen Termin."

„Ja", sagte Köstel, „schicken Sie ihn rauf."

Der junge Mann betrat das Büro und Köstel nahm sich gleich seiner an.

„Kommen Sie, setzen Sie sich, jetzt wollen wir das Geschehene noch einmal an uns vorüberziehen lassen. Sind Sie damit einverstanden, dass dieses Gespräch aufgezeichnet wird?", fragte Köstel. „Ja", sagte der junge Mann. „Dann geben Sie bitte Ihren Namen und Ihre Anschrift an."

„Also, mein Name Werner Lübbe, ich wohne in der Schlossstraße 28 hier in 24356 Deichgruben. Ich bin vierundzwanzig Jahre und am 15.03.1986 geboren."

„Nun erzählen Sie mal", sagte Köstel.

„Wie an jedem Morgen, so auch heute, machte ich meinen Waldlauf entlang der Joggingstrecke. Vom Eingang des Parks aus gesehen, laufe ich meine Runden gegen den Uhrzeiger. Wie Sie wohl auch gesehen haben, muss der Rasen im Park dringend gemäht werden. Ich kam also an einer Stelle vorbei, wo ich im Rasen eine kräftige Schleifspur gesehen habe. Ich dachte schon, da hätte wieder jemand seinen Abfall entsorgt und schaute nach. Was ich dann aber zu sehen bekam, versetzte mir einen Schlag. Ich sah den Mann dort liegen. Zuerst dachte ich, er sei betrunken und habe ihn angesprochen. Der rührte sich aber nicht mehr. Ich ging hin und sah, dass er tot war. Dann nahm ich sofort mein Handy und habe die Polizei angerufen."

„Wie spät war es, als Sie den Toten gefunden haben", fragte Köstel?
„Nachdem ich mit der Polizei gesprochen habe, schaute ich auf die Uhr, es war sechs Uhr und zehn Minuten. Es müssen wohl bis zum Anruf fünf Minuten vergangen sein.

„Haben Sie sonst noch etwas bemerkt, was uns eventuell weiterhelfen könnte", wollte Olsen, der daneben saß, jetzt wissen.

„Nein, sonst habe ich nichts bemerkt. Erst später, kurz bevor die Polizei kam, lief hier noch eine Joggerin vorbei, die kümmerte sich aber um nichts. Danach fuhr sie auch gleich mit ihrem Auto davon.

„Haben Sie die Marke erkannt?"
„Nein", antwortete Lübbe.

Oberinspektor Köstel schaltete das Aufnahme-gerät ab und sagte: „Danke, Sie haben uns sehr geholfen."

Kapitel -6-

Es war schon bereits 18°° Uhr, Köstel und seine Mitarbeiter waren gerade dabei, das Büro zu verlassen, da läutete das Telefon. Köstel nahm den Hörer, er stand neben dem Telefon und meldete sich. Am anderen Ende war Dr. Wester. „Hallo Herr Köstel, Wester hier. Ich habe die ers-ten Ergebnisse. Wenn Sie wollen, können Sie noch vorbeikommen."

„Ja, ich komme", sagte Köstel und dann zu Ol-sen: „Kommst du mit zum Doc." Olsen sagte: „Ja." Beide gingen zu ihren Fahrzeugen und machten sich auf den Weg. Dr. Wester erwar-tete sie schon.

„Kommen Sie, das müssen Sie sich anschauen." Er hatte die Leiche noch auf seinem Tisch liegen. „Schauen Sie es sich an, es ist nicht eine Ab-wehrspur festzustellen. Meine Untersuchung hat eindeutig ergeben, dass er mit Zyankali ver-giftet wurde. Das Zeug wirkt auf der Stelle. Ich bin aber mit meinen Untersuchungen noch nicht fertig. Die Kleidung von dem Toten habe ich in die KTU gegeben. Von dort kommen morgen erste Ergebnisse."

„Danke", sagte Köstel, „dann warten wir auf den endgültigen Bericht."

## Kapitel -7-

Am anderen Morgen kam der Leiter der Spurensicherung. Mit den Worten: „Dieses hier sind erste Ergebnisse, wenn wir mit den Untersuchungen fertig sind, erhalten Sie unseren Abschlussbericht. Einige Fingerabdrücke haben wir gefunden und mit denen der Kartei im LKA verglichen, dabei sind wir fündig geworden."

„Spannen Sie uns nicht so auf die Folter", sagte Köstel, „und zeigen Sie uns, was Sie gefunden haben." Er nahm die Mappe an sich und schaute nicht schlecht: „Sieh mal an", frohlockte er, „zwei alte Bekannte, Krische, der ist leider schon tot. Und natürlich Meister Manni Hegener, der Spezialist für Raub und Überfälle. Den schreiben wir sofort zur Fahndung aus, vielleicht haben wir glück."

„Es gibt aber noch Fingerabdrücke von einer dritten Person", sagte der Leiter der Spurensicherung, „diese können nicht identifiziert werden. In unserer Kartei ist über diese Person nichts zu finden."

Zuerst ließ Köstel die Fingerabdrücke der dritten Person mit denen von Tochowski vergleichen. Es konnte keine Übereinstimmung festgestellt werden. Die Kommissare Stein und Olsen beauftragte Köstel, in den Unterlagen einmal zu überprüfen, ob es irgendwelche Beweisstücke gibt, die zur DNA-Analyse mit dem Toten herangezogen werden können. Antje Stein hatte einen Hinweis auf diverse Zigarettenreste gefunden. Diese müssten doch noch in der Asservatenkammer zu finden sein. Man fand sie und brachte sie gleich zu Dr. Wester, dieser sollte umgehend eine Analyse erstellen. Das Ergebnis war positiv. Damit stand fest, dass Krische an dem Überfall auf den Geldtransporter beteiligt war.

## Kapitel -8-

Köstel hatte sich entschlossen, zuerst Tochowski in der Haftanstalt aufzusuchen, um seine Version des Überfalls zu hören. Er telefonierte mit der Vollzugsanstalt und vereinbarte einen Termin. In der Anstalt suchte er zunächst ein Gespräch mit dem Anstaltsleiter. Von ihm wollte er nun wissen, von wem bekommt er Besuch, zu wem hält er nach draußen Kontakt und letztlich, wie verhält er sich. Der Leiter der Vollzugsanstalt gab alles in allem ein sehr positives Bild von dem Inhaftierten. Er erklärte, Besuch bekommt er nur von seiner Frau und von seinem Anwalt, der auch sehr bemüht ist, das Verfahren wieder aufzurollen. Nach diesem Gespräch ging Köstel in den Besucherraum, um mit Tochowski zu sprechen.

„Nun", sagte Köstel, „erzählen Sie mir mal, wie die ganze Geschichte aus Ihrer Sicht abgelaufen ist. Sie haben ja immer gesagt, nicht an dem Überfall beteiligt gewesen zu sein. Jetzt möchte ich einmal in aller Ruhe Ihre Version hören." Dass inzwischen einer der Täter ermordet wurde, hat Köstel ganz bewusst verschwiegen.

„Herr Oberinspektor, Sie werden es kaum für möglich halten, aber so wie ich es Ihnen jetzt hier schildere, so hat es sich abgespielt. Eines vorweg, ich habe praktisch von dem Überfall gar nichts mitbekommen. Nun erzähle ich es Ihnen der Reihe nach:

Also, ich hatte im Supermarkt „Iffri" meine Einkäufe getätigt, und bin mit dem Einkaufswagen zu meinem Auto gegangen, habe den Wagen aufgeschlossen um meine Ware einzuladen. Dann habe ich den Einkaufswagen wieder zurückgebracht. Bis zu diesem Augenblick hat sich nichts Besonderes abgespielt. Ich kam wieder zurück, meine Ware hatte ich ja schon im Auto verstaut, und habe mich in den Wagen gesetzt. Als ich einstieg, sah ich, dass sich mein Telefon meldete. Ich muss hinzufügen, bedingt durch meinen Beruf, ich arbeite im Straßenbau, bin ich durch den ständig hohen Geräuschpegel etwas schwerhörig. Ich setzte mich also ins Auto und wollte mir mein Telefon nehmen, dieses fiel mir aber hinunter und landete unter meinem Beifahrersitz. Ich wollte es aufheben, was aber nicht so schnell ging.

Genau in dieser Zeit muss sich wohl der Überfall ereignet haben. Denn als ich mich wieder raufrichtete, fuhr das neben mir stehende Auto mit hoher Geschwindigkeit davon. Als ich dann gefahren bin, vielleicht eine oder zwei Minuten später, habe ich zwar dort vor dem Eingang eine Menschentraube gesehen, mich aber nicht darum gekümmert. Ich weiß aus dem Straßenbau, wie gefährlich und lästig die Gaffer sind. Zur gleichen Zeit fuhr auch die neben mir stehende Frau mit ihrem Wagen los. Ich bin mit meinem Wagen vorwärts in die Parklücke hineingefahren."

Nun Köstel: „Haben Sie die Frau erkannt, welches Auto stand links von Ihnen und welches Auto stand rechts von Ihnen. Die Fahrzeuge, was waren das für Marken?"

„Das Auto links von mir, also das der Fahrerin, das war ein weißer Golf. Der rechts von mir stehende Wagen, also der Fluchtwagen, das war ein japanisches Auto. Mehr kann ich aber dazu nicht sagen. Manche Typen sehen ja gleich aus, da muss man schon hinten auf das Firmenschild schauen, um zu sehen, was es für eine Marke ist."

Nun Köstel wieder: „Haben Sie denn etwas Auf-fälliges bemerkt, als Sie in die Parklücke gefah-ren sind?"

„Nein, nur die zwei Männer, die vor ihrem Wa-gen standen und eine Zigarette geraucht haben. Am liebsten hätten sie gesehen, wenn ich dort nicht hineingefahren wäre. Mit ihrem Fahrzeug standen sie entgegengesetzt zu meinem, das heißt, sie konnten auch gleich losfahren. Sonst habe ich nichts gesehen."

„Und die Frau", fragte Köstel, „saß die in ihrem Auto?"

„Nein", antwortete Tochowski, „die kam, als ich gerade beim Einladen war, sie musste sich noch regelrecht in ihren Wagen hineinquetschen. So dicht standen unsere Fahrzeuge nebeneinan-der."

„So, und das ist nun die Wahrheit", sagte Köstel, und schaute Tochowski in die Augen.

„Herr Oberinspektor, das ist die Wahrheit, ich schwöre es.

Köstel verabschiedete sich mit den Worten, wir werden noch voneinander hören, und bat da-nach den Vollzugsbeamten, die Tür zu öffnen.

Dann begab er sich zu seinem Wagen und ließ sich die ganze Schilderung noch einmal durch den Kopf gehen.

Kapitel -9-

Als Köstel sein Büro betrat, wartete im Vorzimmer bereits Tochowskis Anwalt Dr. Körner auf ihn:

„Hallo Herr Oberinspektor", sagte Körner, „wie ich gehört habe, arbeiten Sie jetzt doch an meinem Fall."

„Ja", sagte Köstel, „aber in einem anderen Zusammenhang. Ich komme soeben von der JVA und habe mit Ihrem Klienten gesprochen. Er hat mir noch einmal den Überfall aus seiner Sicht geschildert. Zwei, nach unserer Ansicht, noch wichtige Zeugen werden wir noch befragen, dann werde ich dem Gericht meine Erkenntnisse mitteilen."

„Herr Köstel, ich zähl auf Sie, Sie sind meine Hoffnung." Mit diesen Worten verabschiedete sich der Strafverteidiger.

Keine zwanzig Minuten später kam Dr. Wester und überreichte Köstel seinen Abschlussbericht.

„Leider kann ich Ihnen keine Neuigkeiten berichten", ließ er verlauten, „es bleibt dabei, der
Tote wurde mit Zyankali vergiftet und Abwehrspuren wurden keine gefunden auch nicht unter
seinen Fingernägeln. Ja, und die DNA-Analyse
hat zweifelsfrei ergeben, dass die beim Überfall
gefundenen Zigarettenreste mit dem Toten
übereinstimmen."

„Da wurde ganze Arbeit geleistet", bemerkte
Köstel.

„Dr., ich danke Ihnen."

Dr. Wester hat seinen Bericht abgegeben und sich
anschließend verabschiedet.

Aufgeregt betrat Kriminalrat Dr. Schlauer das
Büro der Mordkommission: „Köstel, nun sagen
Sie mir, wie weit sind Sie in dieser Angelegen-
heit. Ich bekomme Druck von außen und der
Presse muss ich auch etwas sagen."

„Herr Kriminalrat", sagte Köstel, „wir stehen
noch ganz am Anfang. Im Augenblick können wir
nur sagen, dass mit sehr großer Wahrscheinlich-
keit der Tote einer der zwei am Überfall betei-
ligten Männer ist."

„Köstel sehen Sie zu, dass Sie den Fall bald ab-
schließen können." Dann verschwand Dr.
Schlauer wieder.

Am Nachmittag, es war wieder etwas Ruhe ein-
gekehrt, Antje Stein und Fiete Olsen waren auch
wieder von ihren Recherchen zurück. Sie hatten
zwei Zeugen aus dem Überfall befragt.
Mit der Bemerkung: „Wir stehen vor einer
Wand und müssen neue Wege beschreiten", bat
Köstel zur Lagebesprechung. Zuerst wollte er
nun wissen, was die beiden Kommissare bei ihren Recherchen erreicht haben. „Eigentlich",
sagte Olsen, „haben die Befragten gar nichts gesehen. Sie haben uns erklärt, dass sie doch sehr
weit entfernt gewesen seien und nur gesehen
hätten, wie die zwei Männer zum Auto gelaufen
sind, mehr nicht!"

„Ich schlage vor, wir werden in den nächsten Tagen das Umfeld im Supermarkt beleuchten. Und
danach schauen wir uns bei der Firma Groß und
Geldmann einmal etwas genauer um.
Natürlich lassen wir die beiden Hauptbelastungszeugen ins Präsidium kommen. Von denen
verspreche ich mir doch einige wichtige Hin-
weise. Ich glaube, dass dann auch der Prozess

gegen Tochowski wieder aufgerollt werden kann."

Am anderen Morgen, der Leiter der Spurensicherung kam, und brachte seinen Abschlussbericht. Mit den Worten:
„Ich kann Ihnen leider nichts Neues berichten", begann auch er seinen Bericht zu erläutern.
„Es bleibt dabei, der Tote hatte nur Kontakt zu der uns bekannten Person und zu der unbekannten Person. Man sah, das waren Profis."

## Kapitel -10-

Der Fuchs hatte mal wieder Trick siebzehn auf Lager. Er nahm mehrere Bilder vom Toten mit und zeigte sie. Jede Person bekam ein eigenes Bild zu sehen. Er achtete darauf, dass auch jede Person das Bild in die Hand nahm. So hoffte Köstel, die dritte Person zu finden. „Fingerabdrücke lügen nicht", dachte er sich. Begonnen hat er mit seinen Leuten im Supermarkt. Dort bat er um einen Raum, in dem er mit jedem sprechen konnte. Mit Frau Schmidt, sie war eine selbstsichere und bestimmende Frau als Filialleiterin, mit ihr sprach Köstel zuerst. Er zeigte ihr das Bild des Toten und gab es ihr in die Hand.

„Nein", sagte sie, „diesen Mann kenne ich nicht."
„Ist Ihnen denn sonst vielleicht etwas aufgefallen", fragte Köstel weiter?
Auch hier bekam er die Antwort:
„Nein, aber das habe ich doch damals schon Ihren Kollegen erzählt. Bis zum Überfall hatten wir einen ganz normalen Arbeitstag. Und von dem eigentlichen Überfall habe ich auch nichts mitbekommen. Ich befand mich zu dieser Zeit in den Verkaufsräumen. Nach dieser schrecklichen Tat hat man mich dann gerufen, es ging ja alles so schnell. Mehr kann ich dazu nicht sagen."
Köstel bedankte sich und bat darum, dass ihm die beiden Buchhalterinnen geschickt würden.
„Aber bitte einzeln." Frau Schmidt ging in die Buchhaltung und bat die beiden Damen doch einzeln zu Herrn Köstel zu gehen. Frau Steinle eine junge und attraktive Frau, zweiunddreißig Jahre jung, ging als Erste und stellte sich vor:

„Nun Frau Steinle erzählen Sie mal, wie die Geldübergabe an diesem Tage abgelaufen ist?"

„Wie allmorgendlich holten wir die Tageseinnahmen vom Vortag aus dem Panzerschrank.
Die Einnahmen werden noch zweimal gezählt
und mit der Summe, die der Filialleiterin am
Vortage genannt wurde, verglichen. Sollte es
Unstimmigkeiten geben, was sehr selten vor-
kommt, laufen die Geldscheine noch zweimal
durch die Maschine. So ist es nahezu unmöglich,
dass die Bank eine andere Endsumme hat, als
wir. Danach bekommen die Geldscheine ihre
Banderole."

„Und wie geht es dann weiter?"

„Erscheinen die Männer der Firma Groß & Geldmann, avisieren sie sich vorher und der Hausmeister öffnet ihnen die Tür vom Nebeneingang. Wenn sie im Inneren des Hauses sind,
schließt der Hausmeister wieder die Tür.

Im Beisein dieser Männer wird dann das Geld
noch einmal gezählt und in den Geldkoffer gepackt. Sie quittieren uns die Summe und verlassen unser Büro." Köstel fragte dann:

„Wie hoch war der Betrag, den Ihnen die Männer quittiert haben?"

„EUR 675.000,00, es waren drei Tageseinnahmen. Eine Ausnahme, sonst wird das Geld alle
zwei Tage abgeholt", antwortete sie.

„Unten öffnet ihnen wieder der Hausmeister die Tür, einer der Männer schaut nach, ob alles in Ordnung ist, dann gehen sie zum Auto."

„Das war ja eine bis ins kleinste Detail geschilderte Geldübergabe", sagte Köstel, „und wie war es am Tage des Überfalls", fragte er weiter?

„Den genauen Hergang kann Ihnen am besten der Hausmeister schildern. Wir haben erst etwas gemerkt, als die Schüsse fielen."

„Nun habe ich noch eine Bitte, nehmen Sie dieses Bild und schauen Sie es sich genau an, kennen Sie den Toten?" Sie nahm es in die Hand und sah es sich genau an:

„Nein", sagte Frau Steinle, „den kenne ich nicht."

„Danke, schicken Sie mir bitte Ihre Kollegin, Sie können gehen. Auf Wiedersehen!"

Es kam nun Frau Bein, eine etwas ältere Dame, sie hatte bereits die fünfzig vor einiger Zeit überschritten. Auch sie stellte sich vor und Köstel konnte mit seiner Befragung beginnen:

„Frau Bein, nun erzählen auch Sie mal", forderte Köstel sie freundlich auf:

„Am Abend, wenn wir die Verkaufsräume geschlossen haben, rechnen die Kassiererinnen ihre Tageseinnahmen hier oben ab. Wenn die

Frauen abgerechnet haben, verlassen sie unser Büro. Die Filialleiterin, meine Kollegin und ich, wir rechnen nun die Tageseinnahmen zusammen. Den Endbetrag notiert sich die Filialleiterin und wir unterschreiben. Dieser Betrag dient dann am Folgetag als Vergleichssumme."

„Und wie war es am Tag des Überfalls?", wollte Köstel jetzt wissen.

„Als die Männer vom Geldtransporter unser Büro verlassen hatten und nach unten gingen, haben wir hier oben nur ein lautes Krachen gehört und dann fielen auch schon die Schüsse."

„Wie viele Schüsse waren es", wollte Köstel wissen.

„Genau kann ich es leider nicht sagen, aber es waren mindestens drei. Nachdem alles ruhig war, haben wir uns hinunter getraut und die beiden Toten und unseren Hausmeister in der Ecke liegen sehen. Es war schon ein grauenvoller Anblick."

Jetzt zog auch Köstel bei ihr das mitgebrachte Foto aus der Tasche und zeigte es ihr: „Kennen Sie diesen Mann", fragte Köstel? „Nein", antwortete Frau Bein.

Dann Köstel:

„Sagen Sie mir, wo kann ich den Hausmeister finden?"

„Gehen Sie bitte dort hinunter", zeigte sie ihm, dort unten direkt neben der Eingangstür zum Lager, hat Herr Radtke seine Werkstatt." Köstel machte sich auf den Weg und ging hinunter in die Werkstatt des Hausmeisters. Radtke war vierzig Jahre alt und ein Eigenbrötler. So recht wusste niemand mit ihm umzugehen. Er ließ auch niemanden an sich heran.

„Hallo Herr Radtke", begrüßte Köstel den Hausmeister und weiter, „sind Ihre Wunden wieder verheilt."

„Ja", sagte Radtke, „ich bin zufrieden, Unkraut vergeht nicht."

„Herr Radtke, nun erzählen Sie mir mal, wie der Überfall nun tatsächlich abgelaufen ist. Sie können es mir doch noch am authentischsten berichten. Radtke nun mit einer knorrigen Stimme:

„Herr Oberinspektor, was soll ich Ihnen sagen. Das ging alles so schnell, man konnte gar nicht reagieren. Ich will es Ihnen aber so schildern, wie ich es im Gedächtnis behalten habe. Wie bei jedem Geldtransport kamen die beiden Männer mit der Geldtasche die Treppe hinunter. Erst wenn sie unten sind, schließe ich die Tür nach draußen auf. So auch am Tag des Überfalls. Die zwei Räuber müssen wohl vor dieser Tür gestanden sein. Denn als ich die Tür aufgeschlossen hatte und sie leicht öffnen wollte, bekam ich einen Schlag und flog gegen die Wand. Im Unterbewusstsein habe ich mitbekommen, dass dann Schüsse gefallen sind, sehr laut waren diese nicht. Mehr kann ich Ihnen aber beim besten Willen nicht sagen."

Nun Köstel:

„Wie viele Schüsse waren es", wollte er wissen.

„Ich glaube drei, aber Genaueres können Ihnen die Damen sagen."

„Haben Sie den dabei das Bewusstsein verloren, das heißt, waren Sie ohnmächtig", wollte Köstel wissen.

„Es war schon eigenartig, denn als ich wieder klar denken konnte, war alles vorbei."

Köstel nahm das Bild des Toten und zeigte es ihm:

„Kennen Sie diesen Mann", fragte er? Im Gegensatz zu allen anderen Betrachtern schaute sich Radtke das Bild etwas genauer an. Dann sagte er:

34

„Herr Inspektor, nein, den Mann kenne ich nicht."

Mit den gezeigten Bildern und den sich jetzt darauf befindenden Fingerabdrücken, sowie den doch umfangreich erhaltenen Auskünften, verließ Köstel mit seinen Leuten wieder den Supermarkt.

## Kapitel -11-

Vorrangig wurden die gezeigten Bilder der Spurensicherung übermittelt. Köstel erhoffte sich, dass die Spurensicherung brauchbare Beweise finden wird. Doch schon am anderen Morgen meldete sich ein Kollege und teilte mit, dass die gefundenen Fingerabdrücke nicht mit den vorhandenen übereinstimmen. Es gab also keine neuen Erkenntnisse.

Fiete Olsen und Antje Stein waren beauftragt, die beiden Hauptbelastungszeugen noch einmal ins Präsidium zu bitten.
Schon am folgenden Morgen erschienen sie beide. Den Zeugen Hein Peters befragte Fiete

Olsen. Ein Mann, so um die siebzig und gut ge-
kleidet, machte einen gepflegten Eindruck.

„Sie sind Hein Peters, wohnhaft in der Stein-
straße 12, in Deichgruben."

„Ja", antwortete Peters.

„Dann erzählen Sie mir doch bitte noch einmal,
was Sie am Tag des Überfalls gesehen haben."

„Herr Kommissar, ich stand mit meinem Fahrzeug etwa fünf oder sechs Parkplätze von den
drei Autos, die dann später losgefahren sind,
entfernt und habe meine Ware eingeladen.
Plötzlich hörte ich mehrere Schüsse und habe
mich mächtig erschrocken."

„Wie viele Schüsse haben Sie denn gehört",
wollte Olsen jetzt wissen.

„Es waren mindestens drei oder vier Schüsse",
antwortete Peters ganz selbstsicher.

„Und, was haben Sie gemacht, als die Schüsse
fielen", erweiterte Olsen seine Frage?

„Natürlich haben sich alle, die die Schießerei gehört haben, geduckt und hinter ihren Fahrzeugen Schutz gesucht."

Nun Olsen weiter:

„Sie haben aber doch im Prozess ausgesagt, dass
Sie gesehen haben, wie die drei Männer zum
Auto gelaufen sind?"

„Herr Kommissar, wenn Sie in so einer Situation sind, dann denken Sie doch zuerst an sich. Vom Auto aus habe ich vernommen, dass danach mehrere Personen vorbeigelaufen sind. Mit Sicherheit kann ich aber nicht sagen, wie viele es waren. Ich bin damals davon ausgegangen, dass es drei gewesen sind."

„Gesehen haben Sie diese Männer also nicht?"

„Ich saß doch geduckt hinter meinem Auto. Nein, gesehen habe ich sie nicht. Ich habe nur vermutet, dass es zwei oder drei Personen waren. Es tut mir leid, wenn ich den Angeklagten damals belastet habe. Vorsätzlich habe ich das nicht gesagt, Sie müssen es mir glauben."

„Eine andere Zeugin hat aber ausgesagt, dass die Räuber dem Angeklagten etwas zugerufen haben. Konnten Sie das hören?"

„Nein, ich habe nichts gehört."

Abschließend zeigte Olsen das Bild des Toten und fragte: „Kennen Sie diesen Mann?

Peters schaute sich das Bild genau an, dann sagte er.

„Nein, den Mann kenne ich nicht."

„Bitte lesen Sie dieses Protokoll genau durch und dann unterschreiben Sie es. Danach können Sie dann gehen. Ich danke für Ihr Erscheinen", sagte Olsen und stand auf.

Im Nebenzimmer saß Antje Stein und ließ sich den Überfall aus der Sicht von Frau Reinke schildern. Sie war über siebzig Jahre alt und konnte sich nicht mehr der besten Gesundheit erfreuen. Zuerst wiederholte sie die Daten der Zeugin und sagte:

„Sie sind Frau Ina Reinke, wohnhaft auf dem Deich 24, in Deichgruben, ist das richtig?"

„Ja, das ist richtig."

„Dann erzählen Sie mir doch bitte, was Sie am 18.03. gesehen haben."

Frau Reinke war sehr aufgeregt, sie zitterte am ganzen Körper. Was sie vor Gericht ausgesagt hatte, wusste sie gar nicht mehr. Die Kommissarin schaute sie fragend an.

„Erzählen Sie frei von der Leber, hier reißt Ihnen niemand den Kopf ab", mit diesen Worten wollte Antje Stein die Zunge der Zeugin lösen.

„Frau Kommissarin, wir standen doch mit unserem Auto am Ende des Parkplatzes.

„Wieso wir", fragte Antje Stein?

„Naja mein Sohn war ja zu dieser Zeit noch im Baumarkt, und der befindet sich doch auf der anderen Straßenseite. Und als dann die Schüsse fielen, schaute ich hoch."

„Und was haben Sie gesehen?", wollte Antje Stein jetzt wissen.

„Ich sah wie zwei Männer, die aus einer Nebentür kamen und zum Auto gelaufen sind."

„Vor Gericht haben Sie aber doch ausgesagt, es waren drei Männer", sagte die Kommissarin.

„Ja das stimmt, ich bin doch davon ausgegangen, dass der im Auto sitzende Mann, der dann später losgefahren ist, dazugehörte."

„Dann haben Sie diesen Mann also gar nicht gesehen, es hätte demnach auch eine Frau sein können?", fragte die Kommissarin.

„Ja, es hätte auch eine Frau sein können. Aus so einer Entfernung kann man doch nicht sehen, wer im Auto sitzt."

„Und wie viele Schüsse haben Sie gehört?", war die nächste Frage.

„Wenn ich so überlege, es müssen so sechs oder sieben gewesen sein. Das kann ich aber nicht mehr genau sagen."

Oberinspektor Köstel, der sich in der Zwischenzeit dazu gesetzt hatte, zeigte der Frau das Foto eines Kollegen und fragte:

„Kennen Sie diesen Mann?"

Die Zeugin schaute sich das Bild an, dann sagte sie:

„Ja der war dabei."

Kommissarin Antje Stein legte der Zeugin das Protokoll vor und forderte sie auf es zu unterschreiben. Danach konnte sie gehen.

## Kapitel -12-

Köstel und seine Mitarbeiter fassten das bis zu diesem Zeitpunkt erarbeitete zusammen. In seinem Mordfall war er keinen Schritt weitergekommen, das musste er sehr schnell erkennen. Also machte er sich mit seinen Leuten auf, und stattete der Firma Groß & Geldmann einen Besuch ab. Köstel führte zuerst ein Gespräch mit der Inhaberin Frau Groß, er zeigte ihr das Bild des Toten und fragte:
„Kennen Sie den Mann?"
Die Chefin beantwortete diese Frage mit einem Nein.
Dann bat Köstel darum einen Raum zu bekommen, in dem er mit den einzelnen Mitarbeiterinnen und Mitarbeitern sprechen konnte.
„Vorab habe ich aber noch eine Frage an Sie", sagte er.

„Hatten Sie in den letzten Monaten mit einem Ihrer Mitarbeiter Unstimmigkeiten oder gar Ärger. Wie viele Fahrer wurden eingestellt, bzw. wer hat gekündigt oder wurde gekündigt?"

„Dieses besprechen sie doch bitte mit der Leiterin der Lohnbuchhaltung. Das ist Frau Jäckle, sie kann Ihnen die gewünschten Auskünfte geben."

„Gut", sagte Köstel, „dann sprechen wir uns später noch einmal."

Die Chefin ging hinunter in die Lohnbuchhaltung und bat Frau Jäckle doch einmal nach oben zu Herrn Köstel zu gehen. Sie ging hinauf und stellte sich vor. Worauf Köstel sie bat, sich doch zu setzen. Frau Jäckle war brünett und hatte eine vollschlanke Figur. Nachdem sie sich gesetzt hatte, zeigte ihr Köstel das Bild von dem Toten und fragte:

„Kennen Sie diesen Mann?"

Die Lohnbuchhalterin schaute sich das Bild genau an, dann sagte sie:

„Herr Oberinspektor, ja den Mann kenne ich, das ist Hein Krische Er hat bei uns vor etwa drei Jahren als Beifahrer gearbeitet. Er war sehr unzuverlässig und machte auch sonst noch so manches Nebengeschäft. Ihn mussten wir entlassen."

„Hat er denn hier noch zu einem Mitarbeiter bzw. einer Mitarbeiterin Kontakte oder gar Freunde?"

„Vor ca. vierzehn Tagen habe ich ihn hier auf der anderen Straßenseite gesehen, er grüßte noch sehr freundlich. Aber ob er auf jemanden gewartet hat, kann ich beim besten Willen nicht sagen. Ich hatte Feierabend und bin nach Hause gegangen."

„Was haben Sie denn mit den Geldtransporten zu tun?", wollte der Fuchs nun wissen.

„Eigentlich gar nichts, ich mache Löhne und Gehälter und damit bin ich ausgelastet."

„Und wer ist für die Einteilung der Transporte zuständig?"

„Das macht Herr Jensen."

„Frau Jäckle, im Augenblick habe ich keine weiteren Fragen mehr, ich danke Ihnen."

Köstel ließ Jensen zu sich kommen. Jensen war dreiundfünfzig Jahre alt. Er zählte schon zum lebenden Inventar der Firma. Das heißt, er ist bereits achtzehn Jahre bei Groß & Geldmann beschäftigt. Er war schon dort beschäftigt, als die Firma noch Groß Geldtransporte hieß. Als er kam, ging ihm Köstel ein Stück entgegen. Mit den Worten:

„Herr Jensen kommen Sie, setzen Sie sich", begrüßte er ihn.

„Von Ihnen hätte ich nun gerne gewusst, wie die Transporte organisiert werden?"

„Wir richten uns nach unseren Kunden. Es gibt Kunden, zu denen fahren wir täglich hin, und dann gibt es wieder Kunden, zu denen fahren wir nur alle zwei Tage. Wir sind ja nicht billig. Andererseits haben aber auch einige dieser Kunden einen sicheren Tresor."

„Wie oft fahren Sie zur Firma „Iffri"?", wollte Köstel wissen.

„Gerade die Firma „Iffri" zählt zu denen, die gut gesichert sind."

„Nun schildern Sie mir doch bitte, wie der Geldtransport an diesem Tage bei der Firma „Iffri" hätte ablaufen sollen?"

„Von der Firma „Iffri" bekamen wir avisiert, dass es sich um eine Summe der Kategorie drei handelt. Das waren an diesem Tage Beträge von 500.000,00 bis zu EURO 750.000,00. Die Kategorien werden ständig geändert und sind in unserem Hause nur der Geschäftsführung, der Buchhaltung und mir bekannt."

„Und was wissen die Fahrer?", hakte Köstel nach.

„Unsere Fahrer kennen erst den Betrag, wenn sie ihn übernehmen und quittieren."

Nun Köstel wieder:

„Halten Sie es denn für möglich, dass ein Mitarbeiter involviert gewesen sein könnte?"

„Ausschließen kann ich es natürlich nicht. Aber ich wüsste nicht, wer da infrage käme.

Untereinander haben wir ein sehr gutes Betriebsklima, wir könnten es uns nicht vorstellen, dass ein Kollege an so einer schmutzigen Aktion beteiligt gewesen wäre."

„Sagt Ihnen der Name Krische etwas?", fragte Köstel.

„Ja der Name sagt mir etwas. Krische war hier bei uns vor ein paar Jahren als Beifahrer beschäftigt. Er passte aber nicht zu uns. Und soviel ich weiß, wurde er auch entlassen. Dennoch.

Einen Überfall traue ich dem nicht zu, dafür war er mir nicht intelligent genug. Der brauchte schon jemanden, der ihn führt."

„Den hatte er wohl auch in Manni Hegener gefunden", erwiderte Köstel.

„Ich kann Ihnen nur so viel sagen, wir waren alle sehr schockiert und traurig über den Verlust unserer Kollegen. Vor allem weil es so brutal zuging."

„Herr Jensen ich danke Ihnen", sagte Köstel und ging anschließend noch einmal zur Inhaberin Frau Groß, „Entschuldigen Sie bitte", mit diesen Worten betrat Köstel das Büro der Chefin, „Sie haben uns sehr geholfen. Ich darf mich jetzt verabschieden. Auf Wiedersehen."

## Kapitel -13-

Es läutete das Telefon, Köstel nahm den Hörer ab und meldete sich. Am anderen Ende war Oberstaatsanwalt Dr. König.

„Ja Köstel, guten Morgen."

„Guten Morgen Herr Köstel, König hier. Sagen Sie mir, wie weit sind Sie? Haben Sie in der Mordsache Fortschritte erzielt? Oder läuft der Hegener immer noch frei herum? Und außerdem liegt mir Dr. Körner in den Ohren. Er möchte, dass wir das Verfahren erneut aufnehmen. Können Sie mir dazu etwas sagen?"

„Ich werde mal versuchen, Ihnen der Reihe nach den neuesten Stand zu schildern. Ja dieser Hegener läuft immer noch frei herum. Es ist als hätte er sich in Luft aufgelöst. Leider haben wir, mit Ausnahme des unbekannten Fingerabdrucks, keine andere Spur. Von der Beute wurde bislang auch nichts gefunden. Und meine Aktion mit den Bildern hat bis zur Stunde auch nicht das gebracht, was ich mir erhofft habe. Ich warte noch auf einen letzten Bericht der KTU. Hoffentlich wissen wir dann mehr.

In Kürze erhalten Sie eine Kopie meines Berichts an das Gericht in Sachen Tochowski. So viel vorab, nach unseren Recherchen hatte er tatsächlich nichts mit dem Überfall zu tun.

Herr Oberstaatsanwalt, Sie können versichert sein, sowie wir neue Erkenntnisse haben, werden Sie informiert. Mehr kann ich Ihnen im Moment nicht sagen."

„Köstel ich danke Ihnen. Auf Wiedersehen"

„Auf Wiedersehen Herr Oberstaatsanwalt", sagte Köstel.

Fiete Olsen und Antje Stein waren beauftragt, mit den gezeigten Bildern zur KTU zu gehen.

Bild für Bild wurde dort bearbeitet und mit dem ungeklärten Fingerabdruck verglichen.

Leider, eine Übereinstimmung konnte nicht festgestellt werden. Es war schon frustrierend.

Wieder mit leeren Händen auch diese Aktion zu beenden.

## Kapitel -14-

Mit einem strahlenden Gesicht erschien Dr. Körner in der JVA und überbrachte seinem Mandanten die freudige Botschaft, dass der Prozess wieder neu aufgerollt wird. Die neue durch Köstel erbrachte Beweislage habe dazu den Ausschlag gegeben.

Der Tag der Wiederaufnahme näherte sich und Köstel bekam die Aufforderung in den Zeugenstand zu treten.

Auch die Hauptbelastungszeugen Ina Reinke und Hein Petersen, sowie der Hausmeister Werner Radtke, und die beiden Buchhalterinnen wurden erneut geladen.

Am Tag der Wiederaufnahme. Alex Tochowski wurde dem Gericht, also der zweiten Großen Strafkammer überstellt und nahm auf der Anklagebank Platz.

Der Zuschauerraum war bis auf den letzten Platz besetzt. Natürlich saß auch die Familie des immer noch Angeklagten im Zuschauerraum.
Oberinspektor Köstel, sowie die zum Prozess geladenen Zeugen hielten sich auf den Fluren auf. Die beiden Hauptbelastungszeugen waren bis in die Haarspitzen angespannt. Hatten sie doch im ersten Prozess den Angeklagten so stark belastet, dass das Gericht ihn schuldig sprechen musste.

Der Prozess begann. Eine Tür zum Richterzimmer öffnete sich und die Richter der zweiten Großen Strafkammer betraten den Gerichtssaal. Alle Anwesenden erhoben sich von ihren Plätzen.
„Bitte nehmen Sie Platz", sagte der vorsitzende Richter.
„Das Wiederaufnahmeverfahren gegen den Angeklagten Alex Tochowski  ist hiermit eröffnet.
„Angeklagter", sagte der Richter, „nun erzählen Sie uns noch einmal, wie sich aus Ihrer Sicht der Überfall abgespielt hat und was Sie gemacht haben."
„Herr Vorsitzender", sagte Alex Tochowski, „ich bin mit meinem Auto zum Supermarkt „Iffri" gefahren und wollte einige Teile einkaufen. Als ich

dort ankam, sah ich einen günstigen Parkplatz und bin hineingefahren. Das dort stehende Fahrzeug stand zu mir in entgegengesetzter Richtung. Also auf der rechten, der Beifahrerseite. Vor dem Auto standen zwei Männer und rauchten eine Zigarette."

„Und beim Hineinfahren, was für ein Auto stand dann auf Ihrer linken, der Fahrerseite", wollte nun der Richter wissen.

„Haben Sie die Fahrerin oder den Fahrer gesehen?"

„Nein", antwortete Tochowski, erst später als ich meine Einkäufe getätigt hatte sah ich, dass es sich um eine Frau handelte. Ich weiß es deshalb so genau, weil sie sich ganz dünnmachen musste, um überhaupt ins Auto zu kommen. Ich war gerade dabei, meinen Einkauf einzuladen."

„Würden Sie die Frau wieder erkennen, wenn sie vor Ihnen stände?"

„Ja Herr Richter, es war eine sehr schöne schlanke blonde Frau, sie hatte einen weißen Golf."

„Und was war das für ein Auto auf der anderen Seite", wollte nun der Vorsitzende wissen.

„Ich gehe davon aus, dass es sich um ein japanisches Auto handelt. Die sehen ja alle so gleich aus."

„Nun erzählen Sie einmal, was ist beim Überfall geschehen? Was haben Sie gesehen und was haben Sie gemacht?"

„Herr Vorsitzender, ich kann mich nur immer wiederholen. Meine Einkäufe hatte ich getätigt und bin mit dem Einkaufswagen zu meinem Auto gegangen und habe meine Ware ins Auto gepackt. In dieser Zeit kam auch die Fahrerin. Ich brachte also meinen Einkaufswagen wieder zurück und bin dann wieder zu meinem Auto gegangen. Als ich die Autotür geöffnet hatte, sah ich, dass sich mein Telefon meldete, ich also einen Anruf bekam. Im Glauben, es ist meine Frau, habe ich versucht schnell das Telefon zu greifen. In der Aufregung rutsche mir dieses aber aus der Hand und verschwand unter dem Beifahrersitz. Ich wollte es aufheben, was mir aber so schnell nicht gelingen wollte. Von dem, was draußen geschah, habe ich nichts mitbekommen. Ich muss hinzufügen, ich arbeite im Straßenbau und bin durch den ständigen hohen Geräuschpegel etwas schwerhörig. Als ich mich aufrichtete mit meinem Telefon, sah ich nur noch, wie das japanische Auto mit hoher Geschwindigkeit davongefahren ist."

„In der ersten Verhandlung hat aber doch eine Zeugin ausgesagt, sie habe gesehen, wie einer der Männer zu Ihrem Auto gelaufen sei."

„Zu mir ist niemand gekommen, und was mit den neben mir stehenden Autos geschah, habe ich nicht gesehen. Es tut mir leid, aber das ist die Wahrheit."

Der Richter nun zum Staatsanwalt:

„Herr Staatsanwalt haben Sie noch Fragen an den Angeklagten?"

„Nein, ich habe zu dieser Aussage keine weiteren Fragen."

„Dann bitte ich jetzt den Zeugen Werner Radtke in den Zeugenstand."

Der Gerichtsdiener öffnete die Tür zum Flur und forderte den Zeugen auf, sich in den Zeugenstand zu begeben. Nachdem sich der Richter die Personalien des Zeugen hat bestätigen lassen, fragte er:

„Sie waren doch der unmittelbar Betroffene. Nun erzählen Sie mal, wie ist die ganze Aktion abgelaufen. Wo standen Sie, als die beiden Fahrer der Firma Groß & Geldmann die Treppe hinunterkamen. Und wo standen Sie, als der eigentliche Überfall geschah"

„Unsere Buchhaltung ruft mich an, wenn das Geldauto unser Betriebsgelände erreicht hat. Die Damen können es von ihrem Fenster aus sehen. Ich gehe dann zur Tür und öffne sie. Wenn die Männer eingetreten sind und die Treppe hinaufgehen, schließe ich die Tür wieder zu."

„Und Sie haben an diesem Tag die Tür auch wieder abgeschlossen", wollte der Richter wissen.

„Ja", war die Antwort.

„Und was machten Sie in der Zwischenzeit?", schaltete sich der Staatsanwalt ein.

„Ich wartete, in der Regel vergehen zehn bis fünfzehn Minuten, dann kommen die Männer mit ihrem Geldkoffer wieder die Treppe hinunter."

„Wo stehen Sie, wenn die Männer unten sind?"

„Ich begebe mich

zur Tür, um sie aufzuschließen. Anschließend öffne ich die Tür und dann kommt einer der Männer und schaut, ob auch vor der Tür alles in Ordnung ist. Dann gehen sie zu ihrem Auto."

„Sie sind sich also sicher, dass Sie die Tür zwischendurch nicht mehr geöffnet haben", fragte noch einmal der Staatsanwalt.

„Herr Staatsanwalt, so ist es gewesen. Denn als ich die Tür wieder aufgeschlossen habe und sie langsam öffnen wollte, bekam ich einen Schlag und bin gegen die Wand gefallen. Ich wusste nicht, wie mir geschah. Dann fielen auch schon die Schüsse."

„Und wann kamen die Kolleginnen aus der Buchhaltung", fragte der Richter.

„Es hat schon ein Weilchen gedauert, sie hatten ja Angst."

Der Richter hakte dann nach:

„Nachdem die Schüsse fielen, wie lange waren Sie nach Ihrer Meinung alleine, fünf Minuten, zehn Minuten, oder dauerte es noch länger?"

„Herr Richter, ich weiß es nicht mehr. Mein Kopf tat mir so weh."

„Ich habe keine weiteren Fragen mehr", sagte der Vorsitzende.

„Herr Staatsanwalt, haben Sie noch Fragen?" Er antwortete mit Nein.

„Herr Verteidiger, haben Sie noch Fragen an den Zeugen?"

„Nein", war auch hier die Antwort.

„Soll der Zeuge vereidigt werden?", fragte der Richter.

Dieses wurde vom Staatsanwalt und vom Verteidiger mit einem JA beantwortet.

Der Richter nun:

„Zeuge, heben Sie Ihre rechte Hand und sprechen Sie mir nach, ich schwöre es, so wahr mir Gott helfe"

Werner Radtke hob seine rechte Hand und sprach es dem Richter nach:

„Ich schwöre es."

„Dann bitte ich nun Frau Erika Steinle in den Zeugenstand."

Wieder ging der Gerichtsdiener auf den Flur und sagte:

„Frau Erika Steinle bitte in den Zeugenstand."

Auch hier ließ sich der Richter die Personalien bestätigen. Dann sagte er:

„Frau Steinle schildern Sie uns bitte, wie Sie den Überfall erlebt haben."

Jetzt vor dem Richter stehend, war auch Frau Steinle sehr aufgeregt. Sie hatte einen Puls von einhundertachtzig. Das merkte auch der Vorsitzende. Sie wusste gar nicht, wie sie beginnen sollte. Dann wieder der Richter:

„Bleiben Sie ganz ruhig und erzählen Sie einfach, wie der Tag abgelaufen ist."

„Es war wie bei jeder Geldübergabe. Die Fahrer der Firma Groß & Geldmann hatten sich avisiert und kamen zu uns in die Buchhaltung. Bis zu diesem Zeitpunkt waren wir noch alle bester Laune und haben gescherzt. Unter uns wollten wir das Geld aufteilen. Wir sagten noch, das reicht doch für den gemeinsamen Urlaub. Dann ging es aber wieder seriös zu. Wir packten die Einnahmen in den Geldkoffer und sie quittierten uns den Erhalt des Geldes. Hiernach nahmen sie den Geldkoffer und verabschiedeten sich. Nach ein paar Augenblicken hörten wir mehrere Schüsse. Wie gelähmt saßen wir an unseren Schreibtischen. Keiner konnte sich rühren. Es hat mindestens fünf Minuten gedauert, ehe wir überhaupt begriffen hatten, was geschehen war. Es war mäuschenstill, nichts rührte sich. Ich bin dann die Treppe hinuntergelaufen und meine Kollegin rief die Polizei. Unten sah ich die beiden Fahrer liegen und unseren Hausmeister, der sich wohl gerade aufgerichtet hatte. Die Fahrer waren tot. Dann ging alles sehr schnell. Die Polizei kam, unsere Filialleiterin hatten wir benachrichtigt. Um jetzt keine Spuren zu verwischen, mussten wir uns in unseren Büros aufhalten. Danach wurden auch wir befragt."

„Haben Sie denn, bevor die Schüsse fielen, irgendwelche Geräusche gehört?", fragte nun der Staatsanwalt.

„Nein", sagte Frau Steinle.

„Das muss aber doch Krach gemacht haben, als die Tür aufgestoßen wurde", ergänzte nun der Verteidiger.

„Es tut mir leid, aber ich habe nichts gehört."

„Ich habe keine weiteren Fragen. Ich glaube auf eine Vereidigung können wir verzichten."

Dem stimmten Staatsanwalt und Verteidiger zu.

„Ich glaube, auf die Aussage der Zeugin Ina Bein können wir zunächst verzichten", was der Staatsanwalt und der Verteidiger mit einem Kopfnicken bestätigte.

„Dann schließe ich die heutige Sitzung."

Am anderen Morgen, die Richter betraten den Sitzungssaal. Es war 9°° Uhr. Der vorsitzende Richter ergriff das Wort:

„Bitte setzen Sie sich. Ich eröffne hiermit den heutigen Verhandlungstag."

„Ich bitte den Zeugen Hein Peters in den Zeugenstand."

Bezüglich der Personalien auch hier wieder die gleiche Prozedur. Dann sagte der Richter:

„Zeuge, was haben Sie gesehen und gehört?"

„Wie ich schon dem Kommissar gesagt habe. Ich hatte im Supermarkt „Iffri" eingekauft und war gerade dabei, meine Ware einzuladen. Plötzlich hörte ich mehrere Schüsse und habe mich mächtig erschrocken. Ich wusste ja nicht, wo die Schüsse herkamen. Natürlich habe ich hinter meinem Auto Schutz gesucht und mich sofort in die Hocke gesetzt.

„Wie viele Schüsse waren es die Sie gehört haben", wollte der Richter wissen.

„Ich habe mindestens drei oder vier Schüsse vernommen."

„Vernommen oder gehört", fragte der Verteidiger.

„Gehört", war die Antwort.

Nun wieder der Vorsitzende:

„Und wie ging es dann weiter?", wollte er wissen.

„Das ging doch alles so schnell, und außerdem, ich hatte mich doch geduckt."

„Nun, bei der ersten Verhandlung haben Sie ausgesagt, dass sie drei Männer gesehen hätten."

„Ich habe doch schon vor einiger Zeit dem Kommissar gesagt, dass ich mit meinem Auto mindestens fünf oder sechs Parkplätze entfernt gestanden bin. Ich habe nur gehört, wie Personen vorbeigelaufen sind."

„Dann haben Sie diese Personen also gar nicht gesehen?"

„Nein, aber ich habe doch schon dem Kommissar gesagt, dass es mir leidtut, wenn ich den Angeklagten damals belastet habe. Das ging doch alles so schnell und Angst hatte ich auch."

„Haben Sie den Angeklagten denn gesehen?", wollte der Staatsanwalt wissen.

„Nein, den kenne ich doch gar nicht."

„Ich habe keine weiteren Fragen", sagte der Staatsanwalt.

„Herr Verteidiger Sie?"

„Nein", antwortete dieser.

„Auf eine Vereidigung verzichten wir. Ich bitte dann die Zeugin Ina Reinke in den Zeugenstand."

Frau Reinke zitterte am ganzen Körper. Sie war mit ihren Nerven am Ende. Auch hier wieder die gleiche Prozedur. Dann der Richter:

„Frau Zeugin setzen Sie sich ruhig, es will ihnen niemand etwas. Beantworten Sie uns nur ein paar Fragen?"

„Ja", so gut ich kann.

„Wo standen Sie, als der Überfall sich ereignete?"

„Ich stand mit dem Auto meines Sohnes am Ende des Parkplatzes und wartete auf ihn. Er war gerade im Baumarkt auf der anderen Straßenseite. Ich habe Schüsse gehört und sah, wie zwei Männer zu ihren Autos gelaufen sind."

„Sie haben aber in der ersten Verhandlung ausgesagt, drei Männer gesehen zu haben."

„Na ja, ich bin davon ausgegangen, dass der Mann, der in dem danebenstehenden Auto saß und etwas später losgefahren ist, dazugehörte."

„Haben Sie diesen Mann gesehen?", fragte der Verteidiger.

„Nein, aus der Entfernung konnte man das nicht sehen."

„Dann hätte das also auch eine Frau sein können?", fragte nun der Vorsitzende.

„Ja, danach ist ja noch ein Auto losgefahren."

„Wie viele Schüsse habe Sie denn gehört", wollte der Staatsanwalt noch wissen.

„Ich glaube, es waren sechs oder sieben. Das war ja alles so weit weg.

Nun wieder der Richter:

„Ich glaube auch hier können wir auf eine Vereidigung verzichten. Und auf die Aussage von Oberinspektor Köstel ebenfalls. Was meinen Sie Herr Staatsanwalt?"

„Ja darauf können wir verzichten."

„Und Sie Herr Verteidiger?"

„Ich schließe mich an."

„Herr Staatsanwalt, dann beginnen Sie mit Ihrem Plädoyer."

„Hohes Gericht, ich mache es kurz. Ich beantrage Freispruch."

„Herr Verteidiger?"

„Ich schließe mich dem Antrag des Staatsanwalts an."

Nach einer kurzen Besprechung kamen die Richter zurück.

„Es ergeht folgendes Urteil: Der Angeklagte wird freigesprochen! Die Kosten dieses Verfahrens trägt die Staatskasse."

Alex Tochowski konnte das Gericht nun als freier Mann verlassen. Seine Familie umarmte ihn. Er konnte sich kaum erwehren. Draußen auf dem

Flur stehend, sah Rechtsanwalt Dr. Körner Oberinspektor Köstel, der auch sehr entspannt
wirkte. Dr. Körner ging auf Köstel zu:

„Herr Oberinspektor, ich danke Ihnen von gan-
zem Herzen, auch im Namen meines Mandanten."

„Wir sind aber noch nicht am Ende", erwiderte
Köstel, wir haben noch einige Probleme zu lösen."

## Kapitel -15-

In der Familie Tochowski herrschte eine hervor-
ragende Stimmung. Die ganze Familie war glück-
lich darüber, dass Alex wieder zu Hause war.

„Du kannst es dir gar nicht vorstellen, was das
für ein Gefühl war, dort zu sitzen, ohne etwas
verbrochen zu haben", sagte er zu seiner Frau,
„vor allem aber tun mir die beiden toten Fahrer
des Geldtransporters und ihre Familien leid."

„Du kennst die Familien ja nicht", erwiderte
seine Frau, „aber geh doch in die Firma und
spreche denen deine Anteilnahme aus. Du wirst
sehen, man nimmt es dankend an."

Am anderen Tag machte sich Tochowski auf den
Weg und besuchte tatsächlich die Firma Groß &

Geldmann. In der Firma herrschte ein reges Treiben. Einige der Angestellten, die ihm über den Weg liefen, kannte er aus dem ersten Prozess. Tochowski erledigte sein Vorhaben, obwohl er keine Schuldgefühle haben musste, fühlte er sich danach erleichtert.

Zu Hause war Köstel gerade dabei, sich für den kommenden Tag zu richten. Die Kaffeemaschine gurgelte auch schon, es konnte also gefrühstückt werden. Kaum war der zweite Bissen gegessen, da läutete auch schon wieder das Telefon.

„Ja Köstel hier, was gibt es denn so Dringendes", fragte er.

Am anderen Ende war seine Mitarbeiterin Antje Stein.

„Chef, Sie werden es kaum für möglich halten, aber wir haben schon wieder eine Leiche. Eigenartig ist nur, sie wurde an der Stelle gefunden, an der wir auch Krische gefunden haben. Und was noch hinzukommt, es ist der gleiche Jogger, der sie fand."

„Das gibt es doch nicht", sagte Köstel, „ich komme sofort."

Der Fuchs setzte sich in seinen Wagen, um auf dem schnellsten Wege die Fundstelle zu erreichen. Dort angekommen erwartete ihn das gleiche Bild, wie beim letzten Mal. Der Fundort war großräumig abgesperrt. Dr. Wester und die Spurensicherung waren voll im Einsatz. Köstel begab sich zur Fundstelle und schaute sich die Leiche an.

„Jetzt haben wir den zweiten Räuber", sagte er, „aber leider auch nur tot. Das hier ist Manni Hegener. Der Fuchs schaute Dr. Wester an, und dieser nickte nur mit dem Kopf, dann sagte er:

„Der wurde auch vergiftet. Und so wie es aussieht, auch wieder mit Zyankali.

„Und was glauben sie, wann ist der Tod eingetreten?"

„Es ist schwer zu sagen, aber ich glaube mindestens vor einer Woche."

„Also der Tatort ist ein anderer?"

„Ja sagte Dr. Wester."

„Doktor ich erwarte dann Ihren Bericht."

„Ja wie immer", antwortete Dr. Wester, „nach der Obduktion."

Dann ging Köstel zu Fiete Olsen und fragte, wo den der Zeuge sei?

„Dort drüben im Polizeiauto, Antje ist bei ihm."

Köstel ging hinüber zum Polizeiauto und sah dort die Beiden sitzen. Er grüßte:

„Guten Morgen", und dann weiter, „Sie sind aber auch ein Pechvogel. Warum haben Sie den denn auch dort hingelegt?" Dann weiter

„Sie sind doch Herr Lübbe?"

„Ja", antwortete dieser.

„Na dann erzählen Sie mal", sagte Köstel.

„Ich glaube, ich habe es schon gesagt, dass ich jeden Morgen hier laufe. Es vergeht kein Morgen, an dem ich nicht zu dieser Stelle hinschaue. Diesen Punkt habe ich mir ungewollt eingeprägt. Heute sagte mir meine innere Stimme, lauf doch mal wieder mit dem Uhrzeiger. Was ich auch gemacht habe. Schauen Sie, wenn ich von dort komme, kann ich die Straße besser einsehen.

So habe ich heute Morgen gesehen, als ich mich dieser Stelle näherte, wie zwei Personen, ein Mann und eine blonde Frau, in einen weißen Golf Kombi eingestiegen sind. Sie müssen mich gesehen haben. Denn als ich näherkam, fuhren sie mit Vollgas davon. Natürlich schaute ich wieder zu dieser Stelle. Es war unglaublich, ich sah wieder eine Leiche. Dieses Mal schaute ich sofort auf die Uhr, es war genau sechs Uhr. Dann habe ich die Polizei angerufen."

„Konnten Sie das Kennzeichen erkennen?", fragte Köstel.

„Nein leider nicht, das Fahrzeug hatte sich zu schnell entfernt."

Köstel bedankte sich und bat den Zeugen, doch noch einmal ins Präsidium zu kommen.

„Wann soll ich denn kommen?", fragte er.

„Kommen Sie zwischen fünfzehn und sechzehn Uhr."

## Kapitel -16-

Es war in der Mittagszeit. Der Fuchs, Antje Stein und Fiete Olsen saßen in ihrem Büro und waren dabei, einzelne Mosaiksteine zusammenzufügen. Köstel war überzeugt, hier wurde eine falsche Spur gelegt. Plötzlich stand Kriminalrat Dr. Schlauer in der Tür:

„Köstel, was ist denn jetzt los, wir haben schon wieder eine Leiche!"

„Ja Herr Kriminalrat, dem ist so. Jetzt haben wir zwar den zweiten Räuber, es ist Manni Hegener. Der Fall ist aber damit noch nicht gelöst. Ganz im Gegenteil, er stellt uns vor neuen Problemen."

„Köstel bleiben Sie dran", sagte Dr. Schlauer und verschwand wieder. Gegen fünfzehn Uhr erschien Werner Lübbe. Er sollte ja noch einmal ins Präsidium kommen.

„Kommen Sie rein", sagte Köstel, „gehen Sie bitte dort zu Kommissarin Stein, sie hat das Protokoll geschrieben. Lesen Sie es sich genau durch und unterschreiben Sie es."

Kommissarin Stein war gerade mit dem Protokoll fertig.

„Kommen Sie zu mir Herr Lübbe", forderte sie ihn auf, „wenn Ihnen noch etwas eingefallen ist, was wichtig sein könnte, dann sagen Sie es. Ich werde es hinzufügen."

„Nein", sagte er, unterschrieb das Protokoll und entfernte sich wieder.

## Kapitel -17-

Wie nicht anders zu erwarten, stellte die Spurensicherung einen Vorabbericht zur Verfügung. Der Leiter der Spurensicherung rief Köstel an:

„Herr Köstel, dieses Mal haben wir etwas mehr Glück", sagte er, „an den Schuhen des Toten fanden wir wieder die besagten ungeklärten Fingerabdrücke und darüber hinaus konnten wir einen Fußabdruck sicherstellen. Dieses war ja beim ersten Fund der Leiche wegen des hohen Rasens nicht möglich. Ähnlichkeiten mit den Abdrücken, die wir damals nach dem Überfall sichergestellt haben, sind vorhanden. Leider waren diese, im Supermarkt gemachten Abdrücke nicht von der gewünschten Qualität."

„Danke", sagte Köstel, „lassen Sie uns die besagten Beweisstücke zukommen."

Es verging eine Stunde und es läutete wieder das Telefon. Fiete Olsen nahm den Hörer ab und meldete sich.

„Ja Olsen hier, Mordkommission."

„Wester hier, zu Eurer Kenntnisnahme. Der Tote weist keinerlei Abwehrspuren auf und als Todesursache steht einwandfrei fest, er wurde mit Zyankali vergiftet. Der tot ist vor etwa fünf bis sechs Tagen eingetreten."

"Danke", sagte Olsen, „ich werde es dem Chef sagen."

„Also", sagte Köstel zu seinen Leuten, „ich bin überzeugt, dass in der Firma Groß & Geldmann die Fäden zusammenlaufen. Die Frage ist nur, wie."

Es öffnete sich die Tür und eine Mitarbeiterin vermeldete:

„Hier ist ein Herr, der möchte gern zu Herrn Köstel. Tochowski ist sein Name."

„Lassen Sie ihn eintreten", meldete sich sofort Köstel.

Tochowski trat ein, seine Gedanken schwankten hin und her. Er hatte es ja am eigenen Leibe verspürt, zu Unrecht belastet zu werden.

„Herr Oberinspektor, ich will niemanden belasten, denn ich weiß ja, wie das ist, wenn man unschuldig eingesperrt wird. Aber ich habe etwas beobachtet, was mir keine Ruhe lässt."

„Erzählen Sie", sagte Köstel, „wir werden nichts unternehmen, was einem anderen schaden könnte. Das verspreche ich Ihnen."

„Ich bin doch bei der Firma Groß & Geldmann gewesen und habe denen meine Anteilnahme ausgesprochen. Als ich das Haus wieder verlassen wollte, begegnete ich einer Frau, die mir sehr bekannt vorkam. Sie stutzte auch, als sie mich sah. Ich bin überzeugt, dass es die Frau war, die beim Überfall mit ihrem Golf neben mir stand. Bloß damals war sie blond und nicht brünett, wie jetzt."

„Herr Tochowski, Sie haben uns wahrscheinlich sehr geholfen. Aber sind Sie versichert, wir werden sehr behutsam vorgehen."

Oberinspektor Köstel setzte sich mit Oberstaatsanwalt Dr. König in Verbindung und beantragte
einen Durchsuchungsbeschluss für die Firma
Groß & Geldmann. Ob er diesen Beschluss gebrauchen werde, wusste er noch nicht.

Mit dem Beschluss in der Tasche setzte sich Köstel mit seinen Leuten in Bewegung und stattete
der Firma Groß & Geldmann nochmals einen Besuch ab. Zuerst zeigte er wiederum jeder Mitarbeiterin und jedem Mitarbeiter das Bild des
zweiten Toten und fragte:

„Kennen Sie den Toten?"

„Nein", war auch wieder die Antwort.

Köstel selbst ging zur Buchhaltung.

„Treten Sie ein", empfing die Buchhalterin ihn,
dann zeigte sie auf ihre Kollegin und sagte:

„Darf ich bekannt machen, das ist meine Kollegin Frau Erika Lorsen. Sie war zur Kur und ist erst
wieder seit ein paar Tagen hier."

Köstel zeigte auch diesen beiden Damen das
Bild des zweiten Toten und fragte:

„Kennen Sie diesen Mann?"

„Nein", antworteten sie."

Köstel hoffte, jetzt den Fingerabdruck zu bekommen, der ihm noch fehlte. Tochowskis Hinweis ließ ihm keine Ruhe. Er passte einfach Gut
zu seinem Puzzle. Sofort nach seiner Rückkehr

ließ er die Bilder zu KTU bringen und bat um eine umgehende Bearbeitung. Nach gut drei Stunden kam der lang erwartete Rückruf der KTU. Köstel nahm den Hörer:

„Ja Köstel hier", sagte er, „habt Ihr eine gute Nachricht", war gleich seine Frage.

„Wir haben den fehlenden Fingerabdruck sichergestellt. Es ist der zweite Abdruck aus der Buchhaltung."

„Ich danke Euch", sagte Köstel, „schickt mir bitte die Beweise."

## Kapitel -18-

Sofort ließ sich Köstel einen Haftbefehl für Frau Erika Lorsen ausstellen. Danach fuhr er mit seinen Leuten zur Firma Groß & Geldmann. Kommissarin Stein und Kommissar Olsen begaben sich sofort in die Buchhaltung und nahmen Frau Lorsen fest. Sie legten ihr sofort die Handschellen an. Es bestand ja die Gefahr, dass sie, um nicht ins Gefängnis zu kommen, auch Zyankali nimmt. Köstel hingegen ging zur Inhaberin, Frau Groß und teilte ihr das Geschehene mit.

Frau Lorsen wurde nun ins Kommissariat gebracht. Zunächst besprach sich Köstel mit seinen Leuten. Um keinen Fehler zu machen, nahm er noch einmal Rücksprache mit der Spurensicherung. Der Fuchs war davon überzeugt, dass hier noch ein weiterer Mann zu suchen sei. Schließlich habe man den Schuhabdruck der Größe vierundvierzig, noch keiner Person einwandfrei zuordnen können. Andererseits ist es für eine Frau unmöglich, einen solchen Transport durchzuführen. Köstel nahm den Hörer und rief noch einmal die Spurensicherung an:
„Hallo Kollegen, Köstel hier, könnt Ihr mir jetzt etwas Endgültiges in Sachen Fußabdruck sagen?" „Ja", war die Antwort, „wir haben alle technischen Hilfsmittel eingesetzt und sind zu dem Ergebnis gekommen, dass die beiden sichergestellten Abdrücke zueinanderpassen."
„Danke", sagte Köstel, „jetzt wissen wir, woran wir sind."

Fiete Olsen sollte noch einmal zum Supermarkt fahren und sich die genaue Örtlichkeit ansehen.

Zuerst wurde von der Beschuldigten der Fingerabdruck genommen, und einer Leibesvisitation
musste sie sich auch unterziehen. Hiernach
brachte man sie in den Verhörraum. Kommissarin Antje Stein und Oberinspektor Köstel gingen
hinüber und begannen mit dem Verhör:

„Dann wollen wir uns einmal unterhalten",
sagte Köstel, „also Sie werden des zweifachen
Mordes und in zwei Fällen der Beihilfe zum
Mord, beschuldigt. Alle vier Morde stehen im
Zusammenhang mit dem Überfall auf den Geldtransporter vor dem Supermarkt „Iffri". Be-
schwerend kommt hinzu, dass die Morde mit
größter Brutalität ausgeführt wurden."

„Ich sage gar nichts, ich möchte meinen Anwalt
sprechen", antwortete die Beschuldigte.

„Den werden Sie auch gebrauchen, aber erst,
wenn wir hier fertig sind", erwiderte ihr Köstel.
Unsere DNA–Analysen weisen eindeutig nach,
dass Sie die beiden Morde an Ihre Komplizen begangen haben. Außerdem weisen wir Ihnen
nach, dass Sie der Organisator des Überfalls waren. Diese Tatbestände reichen aus, um Sie ein
Leben lang in den Knast zu bringen."

„Ich will meinen Anwalt sprechen", war wieder ihre Antwort."

„Dass Sie diese beiden Morde alleine ausgeführt haben, ist ausgeschlossen. Wollen Sie, dass sich Ihr Komplize ein Leben lang ein angenehmes Dasein leisten kann und Sie bis zu Ihrem Lebensende im Knast sitzen? Das kann ich mir nicht vorstellen."

„Ohne meinen Anwalt sage ich gar nichts", war wiederum die Antwort.

„Dass Sie die Morde an Krische und an Hegener begangen haben, steht außer Zweifel. Für uns stellt sich nur noch die Frage, „wo ist die Beute?" Ich rate Ihnen, reden Sie, schon im eigenen Interesse. Wenn Sie schweigen, ist Ihnen die anschließende Sicherungsverwahrung nicht mehr zu nehmen. Sie jedenfalls werden von der Beute nichts mehr sehen." Der Beschuldigten konnte man es ansehen, sie kämpfte mit sich. Der Angstschweiß lief an ihr hinunter.

„Soll ich nun die Last alleine tragen", diese Frage stellte sie sich unentwegt. „Nein", sagte sie sich, „das kommt nicht in Frage." „Herr Oberinspektor, gut, ich will reinen Tisch machen. Vor einigen Wochen, ich besuchte den Supermarkt „Iffri", lernte ich Radtke kennen, der mich zu einer Tasse Kaffee einlud. Nun ja dachte ich, eine gute Figur hat er ja und Benehmen kann er sich auch. Ich habe die Einladung angenommen. Im Laufe der Zeit kamen wir uns näher und wir hatten auch miteinander Sex. Eines Tages kam er zu mir und fragte mich, ob ich ihm vorübergehend mit zehntausend Euro aushelfen könnte, was mein finanzieller Rahmen aber nicht zuließ. Eine Woche später, wir hatten gerade einen schönen Abend verlebt, machte er mir den Vorschlag, den Geldtransporter zu überfallen. Er habe die richtigen Leute an der Hand. Das Risiko ist überschaubar. Alles lief unter seiner Federführung."

Kommissar Olsen, der inzwischen den Supermarkt erreichte, sah, wie der Hausmeister mit den Leuten von der Abfallentsorgung das angefallene Altpapier und die Kartonagen in den Papiercontainer warf. Die Tür zum Nebeneingang stand offen. „Das ist ja günstig", dachte er, „so kann ich gleich in die Buchhaltung gehen und meine noch offenen Fragen stellen." Als Olsen die Treppe zur Buchhaltung hinaufgehen wollte, sah er die geöffnete Tür zur Werkstatt des Hausmeisters.
Kommissar Zufall sagte ihm: „Geh doch dort einmal hinein." Olsen staunte nicht schlecht, als er

den Raum betrat: „Ordentlicher kann eine Werkstatt nicht aufgeräumt sein", dachte er.

Seine Werkzeuge waren wie die Zinnsoldaten, in einer Reihe angebracht. Lediglich in der einen hinteren Ecke stand ein Behälter mit Öl und vor diesem war eine etwas größere Öllache. Von dieser Stelle sollte sich wohl jeder fernhalten. „Die passt nun gar nicht hier hinein", dachte er und versuchte den doch vielleicht defekten Behälter hervorzuziehen. Doch was er nun zu sehen bekam, verschlug ihm zunächst die Sprache. Er sah den verschwundenen Geldkoffer. Während Radtke noch damit beschäftigt war, die Kartonagen zu entsorgen, ließ Kommissar Olsen den Streifenwagen kommen. Aber bitte ohne Blaulicht war seine Anordnung. Der Geldkoffer wurde sichergestellt, Radtke festgenommen und ins Präsidium gebracht.

Schon von unterwegs informierte Olsen seinen Chef. Köstels Gesicht erhellte sich merklich.

Zu der Beschuldigten sagte er lediglich:

„Wir haben soeben Radtke festgenommen", dann gab er dem Vollzugsbeamten ein Zeichen und sagte nur noch „Abführen!"

Nun wurde Radtke in den Verhörraum gebracht. Im Vorbeigehen sahen sich Radtke und Lorsen in die Augen, regungslos!
Köstel indessen besprach nun die neue Situation mit seinen Leuten. Als habe er einen Riecher für solche Situationen. Die Tür öffnete sich und Kriminalrat Dr. Schlauer stand in der Tür:
„Köstel, was habe ich gehört, sie haben den Fall gelöst? Ich gratuliere!"
„Herr Kriminalrat, nicht ich, wir haben den Fall gelöst. Ich bin stolz auf mein Team!"
Dr. Schlauer schloss wieder die Tür und verschwand. Irgendetwas sagte er noch, was aber niemand verstanden hat.

## Kapitel -19-

„Nun kommt", ermunterte Köstel seine Mitstreiter, „bringen wir den Fall zum Abschluss."
Sie gingen in den Verhörraum, in dem schon Radtke auf sie wartete.
„Nun Herr Radtke erzählen Sie mal. Heute aber bitte die Wahrheit, und zwar lückenlos."
„Herr Oberinspektor, mit den beiden Morden habe ich nichts zu tun. Ich schwöre es! Eigentlich

sollten Krische und Hegener den Überfall ohne Schusswaffengebrauch über die Bühne bringen. Doch als sie vor den beiden Männern des Geldtransporters standen, wurde Krische erkannt. Er hatte in dieser Firma schon einmal gearbeitet und stand nun plötzlich vor seinem ehemaligen Kollegen. Er verlor die Nerven und hat sofort geschossen. So ist es gewesen, das müssen Sie mir glauben."

„Eines steht aber fest: Sie habe sehr wohl mit diesem Überfall etwas zu tun. Ohne Ihre Hilfe hätten Hegener und Krische dieses Ding nicht über die Bühne ziehen können. Ich gehe mal davon aus, dass Sie sogar in vorderster Front standen. Denn ohne Ihre Mithilfe wären alle vier Morde unmöglich gewesen. Hegener und Krische öffneten Sie die Tür und bei der Beseitigung der Beiden haben Sie der Frau Lorsen geholfen und mit ihr die Toten abtransportiert."

„Herr Oberinspektor, so war es nicht. Vor einigen Monaten hatte mich Frau Lorsen zu einem Abendessen eingeladen. Ich dachte was soll denn das bedeuten? Trotzdem, ich fühlte mich geschmeichelt und habe diese Einladung angenommen. Sie bezog sich dabei auf unsere gute Zusammenarbeit." "Ja und dann, erzählen Sie weiter!" Diese Einladungen wiederholten sich und wir kamen uns näher. Sie animierte mich zum Sex, den ich auch dankend angenommen habe. Ich kann Ihnen sagen, dass war vielleicht ein geiles Weib. Es gab keine Stellung die sie nicht kannte und von mir verlangte." „Nun hören Sie mal auf damit! Im Grunde führte sie doch etwas ganz anders im Schilde. Das möchte ich von Ihnen hören." „Es begann damit, dass ich ihr bestimmte Waren zukommen lassen sollte. Doch mit der Zeit wurden die Wünsche immer größer. Dann eines Tages sagte sie mir, so mein Freundchen, jetzt spielen wir das Finale. Sie offerierte mir ihr Vorhaben und zwar ohne Umschweife. Deinen Arbeitsplatz willst du ja nicht verlieren, dann zieh mit." „Und was wollte sie nun genau?" wollte Köstel wissen. Sagte dann aber, wir unterbrechen erst einmal für zehn Minuten."

Eine Beamtin brachte eine Flasche Sprudel und stellte mehrere Gläser auf den Tisch.

Im Nebenzimmer beriet sich Köstel mit seinen Leuten: „Ich glaube", sagte er, „der ist nur redselig, weil er seinen Arsch retten will."

Nach zehn Minuten betraten sie wieder den Verhörraum. „Nun Herr Radtke, was wollte sie nun wirklich? „Herr Oberinspektor, Frau Lorsen ist spielsüchtig und hat erhebliche Spielschulden. Diese wollte sie so tilgen. Bei einem Abendessen unterbreitete sie mir ihren Plan. Vor ca. 3 Jahren arbeitete Krische bei uns als Beifahrer. Konnte er irgendwo ein Geschäft machen, war er dabei. Aber bei allem benötigte er immer Jemanden der ihn führte und so kam es dazu, dass er eines Tages Hegener mitbrachte. Lorsen war der Meinung, dass von den jetzigen Fahrern, den Krische keiner mehr kennt. Es sollte auf keinen Fall Blut fließen. Den Rest kennen Sie ja."

„Den Geldkoffer habe ich an mich genommen und bei mir hier versteckt. Das Geld sollte danach noch ein halbes Jahr lang nicht angerührt werden. Krische und Hegener wollten sich aber ins Ausland absetzen und bestanden darauf, ihren Anteil, also 25%, zu bekommen. Frau Lorsen, die sich auf keinen Fall unter Druck setzen lassen wollte, hat sie dann ins Bett gelockt und mit einem Getränk, das mit Zyankali vergiftet war, ermordet. Inzwischen bin ich aber davon überzeugt, dass sie die gesamte Beute für sich haben wollte. Ich sollte wohl, wenn sie im Besitz des Geldkoffers ist, auch vergiftet werden. Alles Weitere kennen Sie ebenfalls. Ich war ihr lediglich dabei behilflich, die Leichen fortzuschaffen." Auch nach diesem Verhör gab Köstel dem

Vollzugsbeamten ein Zeichen und sagte nur noch:

„Abführen!"

Köstel erstellte seinen Abschlussbericht und übergab diesen dem Oberstaatsanwalt. Im nachfolgenden Prozess wurden Lorsen und Radtke zu lebenslanger Haft verurteilt.

ENDE

Zeitfracht Medien GmbH
Ferdinand-Jühlke-Straße 7
99095 Erfurt, Deutschland
produktsicherheit@kolibri360.de